A memória do perigo

Autora
Ana Cecília Carvalho

Revisão
Lyslei Nascimento

Projeto gráfico e diagramação
Caroline Gischewski

Editores
Alencar Perdigão
Cláudia Masini
Luciana Tanure
Thásia de Medeiros

Catalogação na Publicação (CIP)

C331

Carvalho, Ana Cecília
A memória do perigo / Ana Cecília Carvalho. 1. ed.
- Belo Horizonte : Quixote+Do, 2019
90 p.

ISBN 978-85-66256-58-1

1. Ficção brasileira I. Título.
CDD: B869.3

Bibliotecária responsável: Fernanda Gomes de Souza CRB-6/2472

Quixote+Do Editoras Associadas
www.quixote-do.com.br
Rua Fernandes Tourinho, 174
Belo Horizonte, MG, Brasil
Tel: (31) 3227.3077
editora@quixote-do.com.br

A memória do perigo

Ana Cecília Carvalho

2019

EDITORAS ASSOCIADAS

A Lyslei Nascimento e Hal Reames, minha gratidão.
A Ruth Silviano Brandão, que não recuou diante
da toxidez da escrita.

O ouvido nos protege das palavras. A mente as leva para o departamento das cartas não enviadas. Se o silêncio nos fere, sangramos quando falamos.

Armand Lancestrong

Palavras e imagens correm selvagens na minha cabeça, perseguindo-se, voando, chocando-se umas com as outras, juntando-se sem cessar. Mas além desse tumulto, há uma grande calma, uma grande indiferença, que realmente nunca será perturbada com coisa alguma outra vez.

Samuel Beckett

Nunca se saberá como isto deve ser contado, se na primeira ou na segunda pessoa, usando a terceira do plural ou inventando constantemente formas que não servirão para nada.

Julio Cortázar

Sumário

1.

A memória do perigo

Levantei a câmara, fingi estudar um enquadramento que não os incluía, e fiquei na espreita, certo de que enfim os apanharia no gesto revelador, a expressão que resume tudo, a vida que o movimento mede com um compasso, mas que uma imagem rígida destrói ao seccionar o tempo, se não escolhemos a imperceptível fração essencial.

Julio Cortázar

Anoitece. Fiquei horas e horas olhando o movimento da rua onde ainda se encontra parado o caminhão. Mas, desde que resolvi fazer um café e, por isso, por alguns minutos, me distanciei da janela, não vi mais as duas pessoas, o homem vestido de preto, a menina loura e o cachorro, que tinham saído de dentro da boleia, no começo da tarde. Isso me deu uma grande ansiedade. De repente tornou-se vital que eu os veja de novo. O que vou fazer se não voltar a vê-los? Então resolvo descer até a rua, para ir até eles. Animado, vejo que o caminhão ainda se encontra parado no mesmo lugar. Aproximo-me rapidamente, na esperança de que estejam na boleia ou dentro da carroceria, cujas portas estão abertas. Olho para dentro e vejo caixas cheias de livros. Algo ressoa em mim como um sinal de alerta. Dou um passo para trás, tomado que sou por uma sensação de perigo. Tenho medo de ser tragado pelo excesso de sentido. Você, Robert, me disse que era importante que eu me precavesse contra isso, contra o lapso que tudo engolfa. Sei que preciso voltar para casa, mas estou sem forças. Uma mulher se aproxima correndo e me pergunta se preciso de ajuda. Gostaria que ela fosse Natália, Anelise/Denise ou até mesmo Alex, com quem ainda me encontrarei. Mas não. É apenas uma sugestão sem identidade. Asseguro que estou bem, obrigado, e ela se afasta. Virão outras pessoas, que me cercarão com o mesmo propósito, até escutarmos as sirenes. Quando finalmente me recupero, já é noite fechada. O caminhão já não está mais aqui, é claro. Vejo tudo de novo: do ponto em que me encontro até o final da quadra, uma enxurrada de frases escritas em um alfabeto que desconheço sai de uma grande máquina que explode. O conteúdo se desfaz lentamente, tocado pelo vento que começou a soprar. Acho que vejo peixes, saltando como salmões. Atraídos pela movimentação, chegam os cães, os gatos, um cavalo e um pássaro de um olho só. Devo eliminar todos, para cessar a ofuscação. Se ao menos eu tivesse a fórmula para transformar seus gritos em uma harmonia melódica, então talvez, a memória surgisse nítida e o perigo se desfizesse.

2.

O que veio comigo na mala

Eu tinha planejado aproveitar os dias de descanso, aqui nas montanhas, e fazer umas caminhadas, como você me recomendou. Mas não tem sido possível. Com o frio e a ventania, ninguém se atreve a ficar muito tempo lá fora. Não tem graça nenhuma, Robert. Para piorar, os pensamentos vieram comigo na mala. Assim que cheguei na pousada, eles saltaram e me rodearam, estridentes, fazendo tudo quanto é tipo de exigência. Sem dó nem piedade. Enquanto tento me manter aquecido diante da lareira, faço de conta que estou tranquilo. Consigo enganar quem não me conhece, você sabe. Mas o barulho que está dentro da minha cabeça, Robert, é de enlouquecer. Agora se sentou perto de mim um rapaz jovem, meio que procurando puxar assunto. Não deve ter se animado ao ver o meu rosto aborrecido, e desistiu. Depois dos últimos acontecimentos, é melhor mesmo que ninguém se aproxime muito de mim. O dia mal começou e já estou cansado. Não sei como tudo isso vai terminar. O serviço de telefonia é muito precário e estamos sem internet. Ontem, no final da tarde, veio um técnico, mas não resolveu o problema. Disse que a ventania deve ter danificado alguma conexão ao longo do caminho. O jeito é esperar, como Vladimir e Estragon. Minha vida tem sido assim, enquanto aguardo um lampejo de sentido, um acorde de harmonia. Porque, há tempos tudo tem estado meio fora do tom, comigo. Mas olha só. Agora parece que o sol resolveu dar as caras. Dois novos hóspedes acabaram de chegar. Um casal de idosos. *Welcome to Hotel California. You can check out anytime you like, but you can never leave*, gritam os demônios no fundo dos meus pensamentos. Depois de ter subido quinze degraus até a recepção, o marido se senta para recuperar o fôlego. Quinze degraus. Ou um minuto de atraso. Então, é assim que tudo termina? O assombro é pensar que, enquanto a mulher se dirige à mesa da recepção, ela não sabe que esta poderia ser a última vez que o veria vivo.

3.

O conteúdo da fala

Natália veio me visitar de novo ontem. Desta vez trouxe uma moça que ela me apresentou como sendo uma amiga. Tive a impressão de conhecê-la de algum lugar, de algum outro tempo. A moça disse que se chamava Denise. A certa altura, Natália passou a chamá-la de Anelise. Como nenhuma das duas deu sinal de ter notado que o nome tinha sido trocado, resolvi fingir que também não tinha percebido. A partir dali, fiquei na minha, dando a impressão de que eu fazia parte de um jogo, mas, ao mesmo tempo, assumindo uma posição destacada, meio dentro, meio fora. Anelise/Denise era bem atraente, e acho que isso tinha a ver com uma certa timidez fingida, sei lá. Não muito alta, tinha os cabelos louros cortados bem curtos e um pequeno estrabismo, que mal se podia notar sob as grossas lentes dos óculos. Devia ter uns 30 anos, não mais do que isso. Ela pouco falou enquanto durou a visita. De vez em quando, ela recebia mensagens de texto no celular, e ficava muito concentrada lendo e respondendo. Sempre pedia desculpas a cada uma dessas interrupções. Notei também que o esmalte vermelho das unhas estava descascado, o que me aborreceu um pouco. Eu não deveria prestar atenção nesse tipo de coisa, porque detalhes assim costumam me distrair do que é mais importante em uma interação com as pessoas, que é o que elas não dizem. Já conversávamos há mais ou menos uma hora – quer dizer, eu falava. Do que eu falava? Eu falava do que acho que você, Robert, pensa de mim. Achei melhor não falar das outras coisas, as que devem ficar apenas na intenção. As duas só escutavam. Lá pelas tantas, perguntei se queriam tomar um café ou um chá. "Não precisa se preocupar", disseram em coro. Aliás, muitas vezes, elas falam simultaneamente e depois riem, meio sem graça. Mesmo assim, fui à cozinha e preparei um café. Quando voltei para a sala com a bandeja, elas conversavam em voz baixa. Anelise/Denise parecia muito tensa. Natália batia levemente na mão dela, como se tentasse acalmá-la. Havia certa semelhança entre as duas, desde o modo de vestir até a maneira como se sentavam, meio rígidas, como se assistissem a um jogo ou um filme de final imprevisível. Claro que, sendo mais velha, Natália sabia disfarçar melhor o nervosismo. E afinal, desde que ela começou a me visitar, foi se inteirando da minha condição, e deve ter concluído que não havia o que temer. Hoje, no entanto, percebi um leve tremor quando ela segurou a xícara e a levou aos lábios. Depois do café, Anelise/Denise perguntou se podia acender um cigarro. Eu disse que sim. Sentado na poltrona em frente a elas, me recostei e fiquei quieto, esperando. O telefone de Anelise/Denise tornou a vibrar com uma nova mensagem. Dessa vez, a moça pareceu muito aborrecida. "É ele de novo?", perguntou Natália em voz baixa. Apesar do tom sussurrado, tenho quase certeza de que ela disse o nome Bianchi. Sem responder, Anelise/Denise desligou o celular e o guardou na bolsa. Seja lá o que ela pode ter tocado ao fazer esse gesto, algo fez com que os dedos se encolhessem como se tivessem sido picados. Com o movimento brusco, a bolsa caiu no chão. De dentro saíram as vírgulas, as reticências, as interrogações e todos os hifens e travessões que dividiriam as minhas falas, se eu pudesse falar a verdade.

4.

A sinfonia

Que culpa tenho, se não consigo fazer o que você me pede, Robert? Ponha-se no meu lugar, por um minuto, só para ver como é. É muito difícil prosseguir. Por outro lado, gosto das visitas que me fazem Natália e Anelise/Denise, que têm se interessado genuinamente por mim. Ou, pelo menos, dão essa impressão. Depois de ter vindo aqui na semana passada, Anelise/Denise marcou uma outra visita, sem Natália. Concordei, porque, afinal, que mal haveria em passar algum tempo observando e sendo observado? Não tenho mesmo muito o que fazer, e essas visitas ajudam o dia a terminar mais rápido. No dia combinado, Anelise/Denise veio acompanhada. Trouxe um rapaz que ela me apresentou como um amigo. Tive a impressão de conhecê-lo de algum lugar, algum outro tempo. Talvez a roupa escura e o nariz adunco me fizeram lembrar de Bianchi. Durante toda a visita, ele permaneceu calado, olhando para mim com uma mistura de interesse e apreensão. Um detalhe: Anelise/Denise continua descuidada com o esmalte das unhas, naquele dia, pintadas de azul claro, com as pontas descascadas. Ela me pediu permissão para perguntar algumas coisas de "cunho pessoal". Concordei, é claro, porque não tenho nada que precisa ser mantido em segredo. Minha vida é um livro aberto, como você diria. Aliás, foi o que eu disse a ela. Ela me perguntou sobre o problema com os animais. Quase não entendi a pergunta. Porque, francamente, não usaria a palavra "problema", nesse contexto. "Ok. Deixe-me recomeçar. Fale sobre a *situação* dos animais", ela disse, enfatizando a palavra como fazem os americanos, pontuando-a com as mãos como se estivessem entre aspas. Então, eu contei sobre os cavalos, e disse que não foi pior do que o aconteceu em *Equus*. Eles não sofreram, assegurei. Tampouco sofreram os gatos, os cães e as aves. E continuam não sofrendo, agora que se tornaram puras evocações em uma fotografia. Anelise/Denise pareceu confusa, e olhou para o amigo como se pedisse socorro. Ele permaneceu calado, o semblante sempre tenso. "Tenho alguns deles aqui", eu disse, "e vocês podem ver por vocês mesmos, como os tenho tratado bem". Fui até a mesa da cozinha e peguei a caixa de música, aquela que ganhei de você. Abri a tampa e girei a chave. Os gritos e uivos se espalharam como em uma sinfonia, na falta de uma palavra melhor para descrevê-los.

5.

O espelho

Nossa compreensão explode em ilusões na teologia onde nos refugiamos e, assim, a teia dos sentidos se desfaz. Então ficamos cegos.

Armand Lancestrong

Quando você fica sem me responder muito tempo, como aconteceu esta semana, chego a pensar que falei algo inapropriado. Se eu fiz isso, por favor, me desculpe, Robert. Tenho sido o mais sincero que posso, mas não quero aborrecê-lo. Para mim, é importante ter a sua amizade. Na última vez que nos falamos, no domingo passado, você parecia cansado. Não pude deixar de reparar que você nem tocou na bebida que lhe servi. E o seu cigarro permaneceu intocado no cinzeiro. Você esteve realmente aqui? Alguma coisa o mantinha alheio, embora você fizesse o possível para se mostrar interessado no que eu dizia. Quando lhe mostrei as minhas anotações, você mal conseguiu disfarçar um bocejo. Bom, eu disse, de qualquer modo, está tudo sob controle. Natália tinha dito que viria se juntar a nós, mas sei lá por que razão, não deu as caras. E foi até melhor assim, porque nada interferiu na nossa conversa – ou no meu monólogo, melhor dizendo. Contei a você sobre os pequenos progressos. É verdade que não nos mínimos detalhes, as filigranas seriam inúteis. O importante era assegurar a essência, como você costuma dizer. Como eu gostaria de ter a sua calma, Robert, ou a sua capacidade para se distrair. Um dia ainda chego lá. É o que quero crer. Há pouco, alguém tocou o interfone. Não atendi, é claro. Como poderia atender? Agora o silêncio traz o som daquela "qualquer coisa" que "caiu e tiniu no infinito" do poema de Pessoa que você leu para mim, um dia. A verdade é que me encontro suspenso entre os ponteiros. A tela que me protege é frágil, feita de silêncio e de sombra. Sou um espelho que reflete o avesso das boas e mínimas intenções, o "reposteiro virado de cabeça para baixo". Assim, é preciso tomar cuidado com o que vejo, com o que penso e com o que escuto. Amanhã, antes de sair para o trabalho, esconderei todas as evidências. Não se preocupe. Evitarei passar no restaurante, onde tudo começou. Posso estar bem, mas reconheço que ainda não estou pronto para terminar este pensamento. "Que pensamento?", você perguntaria. Ora, Robert, aquele que me faz assim, sempre pronto a desaparecer no vórtice da clarividência, na superfície do espelho das palavras onde tudo se revela, tal como a escrita, ou como uma fotografia, mas ao preço do engano e da dúvida.

6.

Os presentes de Robert

Recebi a embalagem com as coisas que você me enviou.
Não precisava ter se preocupado com isso, Robert. Gostei imensamente da caixinha de música, cujo som logo irei escutar. Fiquei muito comovido com a menção à garrafa de Porto que, como você disse no cartão, só receberei quando tudo isso passar. "Nesse dia, comemoraremos juntos a travessia da trilha", você diz na sua letra elegante. Entre as coisas que você mandou nessa caixa, duas me chamaram a atenção: um pequeno pacote com alfinetes e um exemplar da revista *Alterosa*, publicada em 1960, em português. As páginas estão amareladas e ressecadas pelo tempo. Na dedicatória, você diz que é "para ler como na primeira vez, na casa dos seus avós, com todo o interesse e ingenuidade" que

me moveram quando descobri que “não era possível mentir em outra língua”. Como você sabia disso, se nunca lhe contei? Haveria, nessa dedicatória, algum recado que não consigo compreender? Quanto aos alfinetes, você anexou um bilhete dizendo que seriam úteis para prender o que jorrasse da memória. Não entendi nada, e fiquei intrigado.

Anelise/Denise acabou de me telefonar, e perguntou se eu me importaria de recebê-la e ao rapaz que veio com ela aqui, da outra vez. Claro que não me importo, respondi. Enquanto me sento para esperá-los, tenho a *Alterosa* e o pacote com os alfinetes à minha frente, sobre a mesa da sala. Minha cabeça começa a doer. Acho que vejo, mas agora não tenho certeza se apenas me recordo ou se de fato vejo, que a mão do meu avô se ergue das páginas da revista e vem enfurecida na minha direção. “Leia”, é o comando que parece me dizer o gesto dessa mão. Sem ter outra alternativa, abro a revista. Nisso sou assaltado pelas palavras, que me atacam sem piedade. O som é alto e cheio de vogais, uma explosão de ditongos que, dispersos, tomam a forma de culpas, saudades, paixões. No início, tendo sido pego de surpresa, tento me proteger com as mãos. Depois, é somente com muito esforço que consigo alcançar os alfinetes e usá-los para imobilizar o passado. Nesse meio tempo, voam as proparoxítonas, enfurecidas em torno da minha cabeça:

cínicas, túnicas, cúspides. Luto um bocado para vencê-las. É assim que Anelise/Denise e o amigo dela me encontram, completamente esgotado. Mas as palavras estão mortas, espetadas como insetos. Como um gravador, a caixinha de música captou todos os gritos, que agora se harmonizam dentro de mim.

7.

O corte

Pontual como sempre, no dia seguinte, Natália veio me buscar na hora certa, bem cedo de manhã. Não comentei sobre a marca no guardanapo, é claro. Entramos no carro, e me senti meio sem graça sentado ao lado dela. Senti um perfume de folhas secas, talvez de feno. A proximidade forçada me fez afastar o meu corpo o mais longe que consegui, para impedir qualquer possibilidade de contato. Natália dirigia mal, correndo demais, sem prestar muita atenção na sinalização. Com isso, ela quase furou alguns semáforos e, numa dessas vezes, esteve a milímetros de bater em um carro, em um cruzamento. Eu me assustei com a freada, mas ela não percebeu, como também não viu que o motorista do outro carro a insultou com um gesto, antes de prosseguir. O perfume no interior do carro era agora tão forte, que tive de abrir a janela para respirar. Natália olhou rapidamente para mim, e disse em tom preocupado: "Logo chegaremos lá." E de fato. Alguns minutos depois, aliviado, vi o prédio à minha frente. Mal pude esperar para abrir a porta do carro e sair. Na entrada, Anelise/Denise nos aguardava, solícita, apesar do cansaço que notei no rosto dela. O esmalte das unhas, ontem pintadas de laranja, hoje era bem escuro, um tom entre o preto e o marrom, as pontas descascadas, como era de se esperar. Seguimos os três para o elevador. O ascensorista me lembrou vagamente alguém, mas na hora não consegui identificar a razão da semelhança. Somente quando saí do elevador é que tive certeza de que ele se parecia com Bianchi. Quando me voltei para comentar sobre isso, o elevador já tinha deixado o andar. Natália e Anelise/Denise caminhavam em passo rápido à minha frente, pelo corredor, e me esforcei o máximo que pude para acompanhá-las. Não foi fácil, estando fora de forma como eu me encontro. Para piorar, o corredor dava voltas e voltas, como uma espiral ou uma banda de Moebius. As salas, uma bem perto da outra, tinham números que não seguiam uma ordem lógica, o que me deixou intrigado. Afinal chegamos no que eu imaginei ser a sua sala. "Robert, o decifrador", eu disse brincando. Natália e Anelise/Denise permaneceram paradas em silêncio, atrás de mim. Por puro instinto, recuei quando a porta se abriu. Do fundo do ambiente pouco iluminado, uma voz disse: "Bartleby, meu caro Bartleby, entendo que você prefira não fazer nada. Uma revista antiga, uma fotografia, uma caixinha de música, uma porção de alfinetes e, talvez, um dicionário etimológico chegarão sempre ao seu destino. Outras dívidas, dúvidas e muitas evidências ficarão apenas na intenção. Mas é preciso continuar."

Fiquei muito inquieto com a coisa toda e, para me acalmar, sentei-me em uma poltrona e fechei os olhos. Foi um alívio enorme descobrir que eu ainda estava no carro com Natália, e que tinha apenas levado uma pancada na testa quando ela freou no cruzamento. Natália estendeu um lenço para mim e disse que, como eu tinha ferido o meu supercílio esquerdo, era melhor adiar a visita. Concordei. No trajeto de volta para casa, fiquei com receio de olhar o que jorrou do corte. Depois de se assegurar de que eu estava bem, Natália prometeu que me visitaria mais tarde, à noite. Agora estou esperando. E, enquanto espero, tento me decidir se devo ou não lavar o lenço antes de devolvê-lo. É que nele ficou impressa a mesma imprecação que vi manchada no guardanapo de papel que emprestei para o amigo de Anelise/ Denise, algumas noites atrás.

8.

A transfusão

Os procedimentos não foram muito demorados, ao contrário do que pensei. Você teria gostado de assistir, Robert. Natália foi muito eficiente. Anelise/Denise observava tudo e, de vez em quando, estendia a mão para ajudar. O esmalte das unhas, hoje pintadas de verde, como sempre descascando. Mas não foi necessário que ela ajudasse, porque Natália sabia o que fazer. Muito concentradas, nenhuma das duas percebeu quando comecei a rir. Tentei me controlar, mas era difícil com toda aquela parafernália, fios e letras me fazendo cócegas. Além do mais, ao sair do aparelho, as páginas faziam um ruído engraçado, como seda se esgarçando. Aos poucos, parei de rir e fui me sentindo mais leve, o que era bem agradável. "Chegarei ao peso ideal?", perguntei. Natália me assegurou que sim. A uma certa altura, notei que uma das sílabas permaneceu presa dentro de uma evocação. Com receio de que isso pudesse inutilizar todo o esforço, chamei a atenção de Natália. Ela disse para eu não me preocupar, porque não era realmente uma sílaba. Era apenas uma intenção. Quando tive permissão para me levantar, pude ver os recipientes, ainda ligados a mim: eram grandes encadernações coloridas, antigas como dicionários. Abri uma delas, um velho dicionário etimológico, e, surpreso, vi que nada continha. "Então o rei estava nu?" perguntei intrigado. "Isso depende do seu interlocutor", disse Natália. Quando saímos da sala, fiquei intrigado com as centenas de volumes empilhados junto à parede do corredor, que eu não tinha notado antes. "Serão todos reciclados", disse Natália, "para alimentar a esperança de quem não consegue se expressar."

Agora é noite e começo a ficar inquieto. Tudo isso aconteceu ou apenas imaginei? Natália disse que essa dúvida seria normal e que o desconforto logo passaria. Neste exato momento, sinto que algo me atingiu de dentro, e é como uma garra que não solta. Temo não possuir o circuito que transforma o desespero em esperança. E, afinal, as páginas que tinham sobrado estavam vazias.

9.

As consoantes

No meio da noite passada, tive certeza de que tudo mudaria para melhor se trocássemos as consoantes do lugar. Algumas palavras se tornariam impronunciáveis, mas por isso mesmo chamariam a atenção das pessoas, de modo que todos tivessem oportunidade de pensar um minuto antes de agir. Claro que, quando me levantei hoje cedo, essa ideia já não tinha o menor cabimento. O que aconteceu foi que esse pensamento me preocupou com meus próprios impulsos. Ainda mais depois que você disse que eu precisava me controlar. Contei sobre isso para a Natália, pelo telefone, agora há pouco. Ela fez silêncio do outro lado. Imagino que tenha feito um ar desolado, mas logo se refez, porque disse em um tom animado: "Não se preocupe. Ideias assim são comuns na sua condição. Afinal são apenas pensamentos. Não fazem mal a ninguém."

Tal como você tem feito, Robert, Natália me sugeriu que eu saísse um pouco de casa. Mas não me animei, por causa do frio que está fazendo. Acabei de ver, pela janela da cozinha, que o caminhão continua estacionado em frente ao lugar onde antes era a banca de revistas. Um homem vestido de preto fumava, encostado na porta traseira, que estava entreaberta. Ao lado dele, uma menina loura. Ouço o latido de um cão. Penso ouvir, também, o pio de uma ave. O homem e a menina me parecem familiares. Ele me lembra Bianchi; a menina evoca alguém que um dia ainda vou conhecer. Mas olha só, Robert. De repente, tudo está por um segundo. De dentro do caminhão, saiu o que tive certeza ser a peça que faltava para ligar o sentido das coisas, a engrenagem que, antes da explosão, transformaria em segredo o sagrado e o secreto.

10.

Evolução de caráter

Foi muita bondade sua oferecer-me a sua companhia neste fim de semana, Robert, mas não me incomodo de ficar sozinho aqui. Tenho tudo o que preciso no momento. As coisas vão se ajeitar, eu sei disso. Depois do vendaval dos últimos dias, já começo a ver tudo com um pouco mais de clareza. Não foi nada fácil, enquanto atravessei a tormenta, e estaria mentindo se fosse o contrário. Aliás, a esta altura não há lugar para mentiras ou ilusões na minha vida. Veja só. Quem diria, não é mesmo? Logo eu que sempre fui o primeiro a embarcar em anúncios falsos, canoas furadas disfarçadas em ofertas relâmpago. Quantas vezes você me tirou dessas enrascadas? Acabei aprendendo, ainda que às custas de muita decepção. Não foi sem razão que você me disse, há pouco tempo, que algo em mim evocava Stephen Flemming, o personagem de Jeremy Irons em *Perdas e Danos.* Mas tudo isso passou. Ou está passando. Daqui a pouco, virá Natália ou, quem sabe, Anelise/Denise. Elas pouco têm falado, mas isso não importa. Numa dessas visitas, fiquei tentado a descrever o que tinha se passado. Mas logo mudei de ideia. Mesmo porque elas pareciam mais interessadas em fazer anotações nos formulários – que, aliás, nunca me deixam ver. De qualquer modo, tudo indica que eu estou em boas mãos. Então, não se preocupe comigo. Um dos pássaros bateu duas vezes agora há pouco na vidraça. Era o maior deles, aquele que tem apenas um olho, como eu já lhe contei. Ele sabe que não posso abrir a janela, mas age como se não se conformasse. E insiste para entrar, bicando cada vez mais forte no vidro. Isso me deixa muito aborrecido. Não sei quanto tempo leva enquanto eu penso no que fazer. Não pode ser nada drástico, como o gesto do Chefe Bromden arrancando o bebedor de água para libertar os colegas. Lembra de quando vimos aquele filme? Você chegou a dizer que algo em mim o fazia lembrar de Randle McMurphy, exceto pelas minhas tatuagens. Fiquei lisonjeado na hora. Mas o tempo passou, e agora já não sei se gosto da comparação. De lá para cá, isto em que me tornei vai permitir que, quando Natália ou Anelise/Denise vierem me visitar, eu já terei agido e limpado todas as marcas, os cacos de vidro, as penas, as garras, o bico e o sangue.

11.

A tela

Hoje você se superou, Robert, ao dizer que "as aparências enganam". Tive de me conter para não brigar com você. Como você não acredita quando lhe digo que estou bem? É verdade que andei me enrolando com os fios das coisas, e isso me fez titubear entre os registros da vigília e do sono, depois do que achamos que aconteceu. Mas, neste exato momento em que me dirijo a você para protestar, tenho perfeita clareza sobre onde me encontro nisso tudo. Agradeço pelo seu interesse com o meu bem-estar, mas a verdade é que, se você não consegue me levar a sério, o problema não é meu. Tenho mais com que me preocupar além de tentar convencê-lo de que estou me sentindo melhor. Natália esteve aqui mais cedo, e conversamos um bom tempo sobre todas essas coisas. Teria sido bom se você estivesse aqui, durante essa visita. Por que você nunca está nesses momentos? Antes de ir embora, Natália disse que estava aliviada ao me ver assim tão bem. Se ela, que é super obsessiva com essas coisas, diz isso, você, que me conhece há mais tempo, também teria de me dar crédito. Natália conferiu todas as anotações, mesmo as que já se encontram quase apagadas. Não viu nada de anormal. E me garantiu que iria falar com você, hoje ainda. Ela não te ligou? Você que fique aí, nessa distância indefinível, enquanto planejo o dia de amanhã, tal como a Natália me sugeriu que eu fizesse. Ah! Mais um detalhe... Ela deixou comigo uma tela de proteção, feita de sinais gráficos que parecem impressos em braile e que, segundo ela me disse, não preciso entender para que seja eficiente. Nem tudo é legível, mesmo na língua que conhecemos, ela me assegurou. Com essa tela, não tenho o que temer. O ruído que me ronda pode ou não ser o que vem dos pensamentos, aqueles que não consegui prender a tempo dentro da memória, por ter chegado um minuto depois, naquele dia.

12.

A consistência das palavras

De onde estou sentado, posso vê-la bastante bem. Os anos se passaram desde que a vi pela primeira vez, ainda menina, mas não me esqueci do rosto dela. O cabelo louro, embora o corte mais curto seja outro, agora. Talvez esteja usando lentes de contato, em vez de óculos. Parece uma pessoa normal, mas não é, seja lá o que isso quer dizer. Porque no fundo, ninguém é normal, não é mesmo?, diria você, Robert, que sempre tem alguma coisa bem lugar-comum para dizer quando me vê ansioso. Se você estivesse aqui, logo veria o meu cansaço, dias seguidos sem dormir, enquanto prossigo nessa missão, e falaria: "Você chegou ao fundo do poço, meu amigo. Conceda-se uma trégua. Pare de apostar com o preço da culpa. Nessa aposta não há vencedores." Ou algo assim. O garçom se aproxima para me oferecer mais um café. Aceito, apenas porque não tenho o que fazer, olhando para ela por cima do jornal. As mãos estão escondidas dentro de luvas, o que me deixa um pouco frustrado. Queria ao menos ver o estado do esmalte das unhas, ainda que fosse por um segundo, para ter certeza. Na mesa ao lado, um homem conversa pelo celular, gesticulando como se fizesse um discurso. De vez em quando, ela olha na direção da rua, mas o que ela mira é algo dentro de si mesma. Pode se levantar a qualquer momento e ir embora. Antes, porém, ela teria de pagar a conta que jaz sobre a mesa. "Se nada acontecer, ao vencedor as batatas. *Fait accompli*." Você falaria sem sotaque. O homem na mesa ao lado termina a conversa pelo celular e agora acena para o garçom, que de novo se aproxima, solícito. Depois de pagar, ele se levanta e vai embora. Ela boceja, olhando na minha direção. Disfarço o meu interesse, desviando o rosto. Onde estávamos? Fazia frio quando tudo isso começou, há algumas semanas. E ainda faz, mas agora menos, "pois nos acostumamos com tudo, não é?", como você costuma dizer. Agora ela fala consigo mesma, movendo os lábios e sorrindo. É assim que começa, eu sei, com as palavras primeiro ensaiadas em silêncio. Apenas os lábios se movem. Depois, aos poucos, os sons se tornam audíveis, agudos como facas. Nas primeiras vezes que fiz essa suposição, passou pela minha cabeça que seria algo assim como uma fúria que precisava se esgotar. Pois agora aqui está ela, bem visível, movendo os lábios sem parar, falando para si mesma sem perceber que a observo, "pronta para o ataque". De repente, ela se levanta da mesa. Ao passar por mim, deixa cair uma das luvas que calçava. Mas antes que eu possa ver os seus dedos, ela se dirige rapidamente para a porta de saída, sempre balbuciando. O garçom vai atrás dela, até a rua, lembrando que ela tem de pagar a conta. Pobre rapaz. Uma única palavra o trespassa como uma faca. Ele se encolhe instintivamente, mas tarde demais. Algo me diz que não conseguirei reanimá-lo, ainda que eu tente todas as manobras. Grito por socorro. Um transeunte se aproxima para me ajudar. Conseguimos retirar metade da palavra. O resto permanece cravado na garganta.

13.

A consistência das palavras II

Já não sei mais que horas são. O dia se arrasta. Fui, algumas vezes, à banca de revistas na pracinha aqui perto, e que costumo observar da janela da área da cozinha. O dono da banca é um sujeito falastrão. Talvez pense que eu acredito quando me conta sobre as empresas que um dia teve, as propriedades que lhe foram surrupiadas pelos sócios, as mulheres famosas com quem ele se deitou na época em que era rico. Agora há pouco, me disse que tudo vai mudar para melhor quando ele conseguir a patente de um motor que ele inventou, um mecanismo que transforma páginas de livros em farinha para alimentar peixes. Com você, Robert, aprendi a prestar atenção e, enquanto ele fala, permaneço muito quieto, dando o mesmo grau de importância a tudo, à menor inflexão, à mínima pausa, tal como você faz. Quando ele se empolga nesses relatos, a voz se torna aguda como uma bigorna. Não é fácil conseguir me despedir dele. Tenho a impressão de que ele sabe que não tenho muito o que fazer. Talvez pense que me faz um favor, enquanto me conta casos para preencher o meu tempo. De vez em quando, me recomenda alguma leitura, e até já me emprestou alguns livros usados que ele vende, ali. "Leia antes que desapareçam", ele costuma dizer. Um dia, revelou em tom de confissão: "Meu sonho era ser professor de literatura, mas a vida me levou em outra direção e, depois que perdi tudo, me tornei um químico. Mas, dos anos bons, cheguei a guardar um dicionário etimológico, que doei na semana passada para um homem que conheci por acaso." Depois que me contou isso, ficou meio embaraçado, como se as palavras tivessem revelado um segredo que não tinha permissão para compartilhar. Sempre volto meio esgotado para casa, depois dessas conversas. Mas me recomponho com o silêncio. Você me disse que um dia acabarei como Malone, morrendo todos os dias, eternizado no desfazimento das palavras. Como você pôde ter essa ideia, Robert? O silêncio me restaura e, se nada acontece para me tirar do prumo, consigo me manter no controle das coisas.

A campainha toca. É com lentidão que me levanto para atender. Mas olha só. É o dono da banca de revista. Ele me pergunta se estou bem, porque hoje, mais cedo, dei a impressão de estar meio "para lá de Marrakech", ele diz. Estende para mim uma caixa, e diz que é um presente da época em que era possível combater os inimigos. Antes que eu possa abrir para ver o que é, ele desaparece. Quando vou até a janela da cozinha, vejo que desapareceu também a banca de revistas, que agora já não tenho certeza se de fato existiu. Dentro da embalagem que ele trouxe, há uma página arrancada de um livro. É uma fórmula para fazer dinamite que, por algum passe de mágica, posso decifrar perfeitamente. Logo abaixo dela, uma anotação feita em um idioma que me parece familiar, mas que não consigo entender. "Talvez seja a língua da infância, aquela que não permite mentir", diria você. Pode ser. Tenho certeza de que o papel no qual a ela se encontra escrita vai se desfazer em um minuto, graças à eficiência da máquina que transforma textos em farinha para alimentar peixes.

14.

A memória de Bianchi

[...] no primeiro dia passou um bom tempo olhando e recordando, nessa operação comparativa e melancólica da recordação frente à realidade perdida; recordação petrificada, como toda fotografia, onde não faltava nada, nem mesmo e principalmente o nada, verdadeiro fixador da cena.

Julio Cortázar

Hoje passei algum tempo conferindo as correspondências, a pedido do meu ex-chefe, o Bianchi, que, antes de ser transferido para o departamento de química, mais adequado por causa da formação dele, me pediu para arquivar todas as cartas que já foram respondidas. As outras, as que permanecem sem resposta, seriam "submetidas à avaliação" ou guardadas na "seção Bartleby", como ele denominou. Eram muitas as que nem tinham sido abertas. Quem já trabalhou com Bianchi conhece bem a meticulosidade rigorosa e ao mesmo tempo a capacidade que ele tem para postergar tarefas. É claro, para qualquer um, que a contínua conferência de detalhes está associada à dificuldade para tomar decisões importantes. Nada fica completamente concluído, no mundo de Bianchi. Talvez, por isso mesmo, ele tenha sido transferido daqui. Lidar com arquivos não é bem a praia dele, você provavelmente sabe disso, Robert.

Quando comecei a trabalhar nesse escritório como parte do programa de recuperação, demorei algum tempo para organizar o meu espaço, no meio de montanhas de pastas e caixas lotadas de documentos. Em uma dessas caixas, marcada com a etiqueta de "para jogar fora", escrita com a caligrafia inconfundível de Bianchi, encontrei um envelope cheio de fotos muito bizarras, no estilo de Tarkovsky. A que mais me chamou a atenção foi a de uma menina loura, que me deu a impressão de ser alguém que conheço ou que ainda vou conhecer. Ela aparenta uns 8 anos. Na mão esquerda, ela segura um cachorro pela coleira. Atrás deles, um cavalo, a crina eriçada. Os três se elevam alguns centímetros do chão, como se levitassem. A menina tem uma expressão serena, os cabelos esvoaçando com o vento. A boca do cachorro está aberta, como se latisse. No fundo da fotografia, mais ao alto, um pássaro voa sobre eles, como um grande corvo, asas e bico abertos. No canto direito da foto, é possível ver parcialmente o perfil de um homem que parece gritar. Há uma certa semelhança entre Bianchi e o homem, já que ambos têm o nariz meio adunco. Se for o Bianchi nessa fotografia, talvez ali ele fosse alguns anos mais jovem. Então decidi manter essa foto comigo, esperando ter uma chance de perguntar a ele sobre isso. Mas pensei melhor e decidi não fazê-lo porque, afinal, eu não tinha o direito de abrir um envelope marcado com a instrução "para jogar fora". Bianchi poderia ficar chateado comigo, pensei na época, e, pior, ele perderia a confiança em mim. Como eu dependia – e ainda dependo – das avaliações dele para o pessoal do programa, o que fiz foi levar a fotografia para casa. Assim que eu chegava do trabalho, corria para olhar a foto, como se premido por uma urgência de tarefa a ser cumprida. Isso durou uns dez dias. A cada vez, na fotografia, a menina, o cachorro e o cavalo pareciam ter se elevado um pouco mais do chão, enquanto o vestido da menina se abria como um balão tocado pelo ar. Antes de ficar invisível, o pássaro surge bem nítido sobre a cabeça da menina. É preciso algum esforço para ver que ele só tem um olho. Ao mesmo tempo, o homem no canto direito foi ganhando espaço na foto, e logo ficaram visíveis o seu ombro e o braço esquerdo e a mão esticada como se tentasse impedir alguma coisa. Então pude ver, com muita nitidez, todo o corpo do homem se elevando do solo. Agora a menina, o cachorro, o cavalo e o homem flutuam. Com o movimento, o rosto do homem parou de olhar na direção da menina, e passou a focalizar no chão, cada vez mais surpreso, ou mesmo horrorizado. A semelhança entre ele e Bianchi ficou muito nítida. No décimo dia, a foto mostrava apenas a menina, o cachorro e o cavalo, ambos deitados de costas sobre o solo. A imagem permaneceu assim, e não houve mais nenhuma alteração no que ela mostrava.

Por conta própria, já que você, Robert, não quis me ajudar nessa empreitada, aos poucos fui conseguindo obter uma ou outra informação sobre a vida passada de Bianchi. Em uma das nossas conversas, Natália me disse que tudo tinha começado depois da explosão no laboratório. Ela acha que eu deveria me lembrar disso, porque, segundo afirmou, cheguei um minuto depois.

15.

Pontos de vista

Se eu pudesse interceptar a correspondência entre eles, na qual, para facilitar as coisas, me chamam de Xavier, isto é o que talvez dissessem:

Caro Robert,

Somente agora consegui um intervalo para mandar o breve relato que você me pediu, sobre as minhas observações a respeito de Xavier. Quero tranquilizá-lo e dizer que, na minha opinião, os seus temores não se mostraram plausíveis. Mas atendi a sua recomendação, e cheguei a ir acompanhada a algumas das visitas que fiz a ele. Contudo, em nenhuma delas notei qualquer coisa de ameaçador no comportamento do nosso homem, nada que tivesse tornado necessário algum tipo de intervenção mais drástica. Pelo contrário, notei uma crescente fragilidade e até mesmo uma certa lentidão, sobretudo para falar, com muitas pausas e – como posso descrever? – um tom um pouco incerto, como se tivesse dúvida se deveria terminar o que dizia como uma afirmação ou como uma pergunta. Embora eu mesma não tenha ido a nenhum cômodo na casa, já que as conversas foram sempre na sala de visitas, um de nós deu uma desculpa para ir ao banheiro e pôde comprovar que dois dos três quartos estavam completamente vazios. No terceiro quarto, no qual Xavier dorme, além da cama, havia uma estante com as prateleiras vazias. Sobre a bancada da cozinha, um livro aberto que, olhado de perto, revelou ser um dicionário etimológico, todo espetado com alfinetes, e uma caixinha de música com a tampa aberta. Dentro da cesta de lixo, uma revista antiga com as páginas arrancadas e sujas de sangue. Quase sempre, ele ofereceu café ou chá, nessas visitas. No mais, às vezes respondia ao que lhe foi perguntado, mas não iniciava nenhum assunto. Xavier pareceu gostar da moça. Mas, segundo ela me contou, ficou bastante incomodado quando um dia ela levou o nosso amigo, em uma dessas visitas feitas sem a minha presença. Tenho notícia de que, depois dessa visita, uma antiga cicatriz do rapaz sangra sempre que ele fala. Não que esse detalhe tenha a ver com a história de Xavier, é claro. Mas achei que isso talvez fosse lhe interessar.

Cordialmente,

Natália.

***

Cara Natália,

Muito obrigado pelo seu relato, que somente agora pude ler. Nestes dias apareceram coisas demais para resolver, e fiquei atrapalhado com a minha correspondência. Espero estar em condições de receber Xavier na semana que vem, como prometido. Uma pessoa de nome Alex me ligou, dizendo ter sido indicada por você. Alguma informação que poderia me dar sobre ela? Também precisamos conversar sobre Bianchi. O que sangra precisa ser contido.

Amigavelmente,

Robert

Olá, Robert. Não me recordo de ter indicado ninguém para você com esse nome, recentemente. E sim, temos de conversar sobre Bianchi. As notícias que tenho dele são meio desanimadoras. Se pudéssemos contar com a cooperação de Xavier, seria bom. Mas não tenho esperança de que ele de fato possa nos ajudar.

Antes de eu começar a escrever esta mensagem, Xavier me telefonou. Embora soasse meio confuso, disse estar muito animado com o novo trabalho. Ele sente falta de Bianchi e expressou o desejo de que tudo tivesse sido diferente. Contou também que conheceu uma moça em um site de relacionamentos, e algo nela o fez crer que é a pessoa que ele procura há anos. A moça se chama Alex, por coincidência, o mesmo nome da pessoa que ligou para você para pedir um horário.

Cordialmente,

Natália

Tenho medo de desapontar Natália. Mas ela tem razão quando diz não ter esperança de que eu possa ajudar. Tudo que posso fazer é imaginar ou apenas distribuir migalhas de sentido entre uma palavra e outra, entre uma ou outra suposição – o que não muda em nada no andamento das coisas. Só me resta continuar dando a impressão de que continuo acessível. Neste momento estou olhando pela janela da cozinha. Eis que torno a ver o mesmo caminhão parado na frente de onde um dia ficava a banca de revistas. A engrenagem dentro da máquina está a um minuto da explosão. Na rua, os corpos ficarão estirados. Olho melhor e, um segundo antes, vejo que duas pessoas saem da boleia, um homem vestido de preto e uma menina loura, que segura um cachorro por uma correia. No gramado do terreno vazio, à frente, um cavalo está pastando. Ouço o piar agudo de um pássaro. Algo em todos eles me parece vagamente familiar. Sou assaltado pela compreensão dilacerante de que todos são semelhantes na anomia.

16.

Trilhas

Agora me diga, Robert, qual seria a probabilidade de alguém sair em um encontro às cegas com uma pessoa que encontrou por acaso na internet e ela dizer corretamente o nome da música que estava tocando no bar e que, por acaso, é uma das suas favoritas? Pois isso aconteceu comigo, juro. A moça – ou pelo menos assim me pareceu que fosse, já que o nome Alex, com o qual ela se identificou no site de encontro, era ambíguo – me pareceu interessante. A descrição que tinha dado de si mesma coincidia com o que vi, assim que ela adentrou no restaurante: cabelos louros cortados muito curtos, estatura mediana, óculos de grau. Algo nela me lembrava alguém que conheço, mas não consegui identificar exatamente quem. Eu vestia roupa e boné pretos, tal como prometi a ela, para facilitar que nos identificássemos. Assim que me viu, ela se aproximou e disse: "Ouça, estão tocando *Taxi Driver*, na gravação original de Bernard Hermann". Empolgado com a referência, quase expressei a minha admiração, enquanto nos sentávamos à mesa que eu tinha reservado. Ela recusou o vinho que ofereci, e pediu apenas água mineral. As mãos estavam calçadas de luvas de lã preta, como ela havia dito que faria, para que fosse fácil para mim reconhecê-la. Acho que notei um certo estrabismo, mas não pude confirmar esse detalhe, porque fiquei sem jeito e optei por não ficar encarando. Ela permaneceu calada, sem tirar as luvas, como se esperasse alguma coisa de mim. Não tenho nada para oferecer a não ser a minha presença, que está sempre por um fio, você sabe. Então, na falta de ter o que dizer, pensei em falar nomes de filmes com trilhas sonoras que ficam ressoando na mente a semana toda depois que os assistimos, *China Town*, *O clã dos sicilianos*, *Corpos ardentes*, *Twin Peaks*. Na minha cabeça, começou a brotar o tema *Dopo l'esplosione*, que toca naquela cena em que todos se encontram imóveis, olhos abertos pela eternidade, no filme de Sergio Leone. Não sei que efeito teria se eu tivesse falado sobre essas trilhas. Talvez, ela achasse que eu estava exibindo conhecimento. Então fiquei quieto. A música parou de tocar e o silêncio se instalou entre nós. Não houve o que pudesse ser feito para quebrá-lo. Alex começou a olhar em torno, como se procurasse uma rota de fuga. Foi então que notei que os lábios dela se moviam, sem produzir som nenhum. Permaneci calado. Não ficou nem dez minutos sentada à mesa, tempo durante o qual ela não disse nada, movendo os lábios em silêncio, como se procurasse a palavra certa para me atingir. Não encontrou essa palavra, talvez pelo excesso de realidade de se ver cara a cara com o inimigo. De repente, ela se levantou e foi embora, sem se despedir. Fiquei aliviado e ao mesmo tempo perplexo. Mais tarde, de volta ao meu apartamento, procurei em vão pelo seu nome no site de encontros. Alex desaparecera. Então entendi que, naquela noite, eu tinha estado com alguém que, tal como eu, depois dos estilhaços que sobraram, também vivia entre a intenção e o desastre do proferimento.

17.

Futuro do pretérito I

Robert escreveria o seguinte para Natália, quando ela, preocupada com o meu destino, telefonaria para contar sobre uma nova proposta de trabalho em outra cidade, o que implicaria ter de nos deixar:

Cara Natália,

Compreendo as suas preocupações com o nosso homem. E não tiro a sua razão. Por outro lado, não se pode perder de vista que talvez tudo seja apenas uma ideia, uma fabulação – assombrosa, é verdade, como assombroso é o que tudo o se estende ao longo do fio de sentido que sustenta o nosso amigo. Só podemos esperar que esse fio o ajude a tecer o caminho da lucidez, mas não temos nenhuma garantia de que isso aconteça. Desejo boa sorte no seu novo trabalho. Serei sempre grato.

Amistosamente,

Robert

Nesse mesmo dia, Robert me telefonaria, para dizer que teria sido procurado por uma pessoa chamada Alex, que dizia me conhecer. Robert me contaria que Alex teria dito a ele que sabe de coisas que poderiam ajudar a mim e também ao Bianchi, a mais importante sendo uma fotografia que eu teria encontrado em um dos arquivos deixados por Bianchi no trabalho, antes de ele ser transferido para o departamento de química. Diante disso, eu demonstraria surpresa, mas depois ficaria em silêncio. Então, Robert proporia que nos encontrássemos com Alex em um restaurante, de preferência no mesmo lugar onde tudo teria começado. Claro, eu concordaria. Se puder, leve a foto, ele diria. Com isso combinado, eu ficaria bastante ansioso, esperando o momento em que teria de sair para me encontrar com eles. Iria várias vezes à janela da cozinha, para ver se o que havia sobrado ainda estaria lá, depois da explosão, no espaço onde um dia talvez tivesse existido a banca de revistas e onde pensei ter visto um caminhão estacionado e onde enfrentei o inominável. Na hora de sair de casa, eu pensaria mil vezes se deveria ou não levar a foto. Optaria por não levar, mas essa decisão não dissiparia a ideia de que teria sido melhor levá-la comigo. Já na rua, eu pegaria um táxi. Evitaria conversar com o motorista, é claro. Diante do restaurante, eu hesitaria um minuto, antes de entrar. Logo veria Robert que, sentado ao lado de Alex, acenaria para mim. Ao me aproximar deles, repararia as mãos de Alex, o esmalte cor de cobre descascando nas unhas mal pintadas, tal como nas mãos de Anelise/Denise. Algo em Alex me evocaria alguém que um dia eu talvez tenha conhecido, há muito tempo, antes que nos tornássemos quem somos, vindos do tempo em que pensar era o mesmo que acontecer.

18.

Futuro do pretérito II

"Mas não se pode apreender tudo, não é mesmo?", teria dito Natália ou talvez Anelise/Denise, em uma das últimas vezes em que foram vistas, se a lembrança pudesse ser resgatada com certeza. O contexto teria sido uma visita a Xavier, que parecia ter se fechado em um sua determinação de só falar trivialidades. Nem mesmo quando fosse mencionada a fotografia, ele daria sinal de que estava disposto a sair para o mundo onde as coisas se movimentam à revelia do que se descreve sobre elas. Se tivesse havido uma visita depois dessa, Anelise/Denise iria acompanhada de um homem, o que deixaria Xavier um pouco incomodado, já que algo nele o faria lembrar-se de Bianchi. Xavier notaria o nariz adunco e uma cicatriz, na altura do pescoço, assim como não escaparia, à sua atenção, o esmalte lascado nas unhas de Anelise/Denise. Durante a visita, Xavier continuaria com a expressão de um certo desdém, um quê de ironia, e permaneceria imóvel, enquanto Anelise/Denise e seu acompanhante fariam de conta de que não haviam notado. A uma certa altura, o acompanhante de Anelise/Denise veria que a vidraça de uma das janelas estava quebrada. Ele daria uma desculpa para ir ao banheiro, apenas para ter a chance de observar que, dos três cômodos do apartamento, dois estariam completamente vazios, assim como vazias estariam as estantes no quarto onde Xavier dormiria. Tudo teria um ar muito despojado e pobre, beirando a ruína. Sobre a bancada da cozinha, ele veria um livro volumoso aberto: um dicionário etimológico, com as páginas cravadas de alfinetes. Ao lado, uma pequena caixa de música com a tampa aberta. Dentro de uma lixeira, uma revista antiga despedaçada, as páginas arrancadas e sujas com o que daria a impressão de serem manchas de sangue. O acompanhante de Anelise/Denise voltaria para a sala se sentindo um pouco apreensivo e começaria a tossir. Com o esforço, a cicatriz ficaria ainda mais pronunciada e talvez voltasse a secretar as abominações. Como ele não encontraria um lenço no bolso do casaco, aceitaria o guardanapo de papel que Xavier ofereceria para que o reinício do fluxo pudesse ser estancado. Nem Anelise/Denise nem Natália perceberiam os sons coagulados, impressos nas pegadas da fúria.

19.

Futuro do pretérito III: O final da trilha

A foto havia sido tirada, o tempo havia corrido; estávamos tão longe uns dos outros, a corrupção certamente consumada, as lágrimas vertidas, e o resto, conjectura e tristeza. De repente a ordem se invertia, eles estavam vivos, movendo-se, decidiam e eram decididos, iam rumo a seu futuro; e eu do lado de cá, prisioneiro de outro tempo.

Julio Cortázar

Uma saída seria dizer: Por mais que fosse necessário acreditar que seria possível uma outra versão e, com isso, alterar os fatos como se fossem objetos tirados de uma estante (não é sem razão que as minhas estantes estão vazias), eu manteria para mim o que julgo ser a minha versão dos fatos registrados na fotografia que se movimenta no ritmo da minha memória. Assim eu estaria resignado. Chegaria para sempre um minuto depois da explosão atrás da banca de revistas. *Dopo l'esplosione.* Ouviria eternamente o som dessa explosão. Num esforço de Sísifo, tentaria recompor, todos os dias, os restos da menina que julgo ter sobrevivido e crescido sob a forma de Alex e às vezes também de Anelise/Denise. No meu espelho, veria Bianchi e Xavier, o químico se sobrepondo ao professor de literatura frustrado que gostaria de dar a impressão de ter sido um homem de sucesso, os dois atormentando a si mesmos com a própria incapacidade para impedir o impossível, enquanto se dirigissem a mim me chamando de Robert. Eu os aguardaria como prometi, com uma taça de vinho do Porto, para brindar a travessia. Infelizmente, não haveria como apagar as marcas das imprecações gravadas em sangue, que eu guardaria como registros da incapacidade para estancar a culpa. Por tudo isso, somente eu poderia dizer o que houve. Mas ao dizê-lo, já teria começado a inventar. Então continuaria a escrever.

[1ª Edição, Agosto 2019]
Este livro foi composto em Garamond Premier Pro
e impresso em papel Pólen Bold 90g/m²
para a Quixote + Do Editoras Associadas

MISTO
Papel proveniente de fontes responsáveis
FSC
www.fsc.org
FSC® C092828

PRINTED WITH SOY INK®